經典
少年遊

013

儒林外史

官場浮沉的書生

The Unofficial History of the Scholars
Life of the Intellectuals

繪本

故事◎呂淑敏
繪圖◎李遠聰

馬二是專門替考生編選參考書的老秀才。這一日，他到城隍廟喝茶，看到茶攤旁有個年輕人擺張桌子做拆字生意，趁著沒有客人的空檔，專心讀著一本他編選的書籍。出於好奇，馬二便拉張板凳坐下來和他聊天。

原來這名年輕人叫匡超人，因家貧無法繼續升學，才出門學做生意。沒想到血本無歸，因此流落他鄉。匡超人忍不住哭著說：「一年多沒回家了，不知有病在身的老父現在如何……」

4

還好他自知失態，趕緊擦擦眼淚，換個話題問馬二姓啥名誰。馬二指指他手中的書說：「封面上的姓名就是我。你既如此勤學，不如我出題你來作，讓我看看你可有考秀才的能耐。」匡超人高興的接受了。

第二天，馬二剛起床，匡超人已將文章送來了。馬二看了不禁連連稱讚，於是給了匡超人十兩銀子，一件舊棉襖、一雙鞋，要他快回家過安定的生活。匡超人感動得搗頭叩謝，並拜馬二為兄長。

馬二鼓勵他：「回去後替你父親醫
病，再做點生意謀生。有時間就勤
奮讀書，努力考科舉，這樣才會有
好前程。」接著又給他幾卷參考的
好文章，並一路送他到江邊，看他
上了船，才轉回城去。

匡超人惦記著父母，夜以繼日的趕路，
幾日後終於到家。老母抱著他哭說：「你
不在家時，你父親病情更嚴重，你哥哥
嫂嫂不管我們死活，你叔父又逼我們搬
家，我們的日子都快過不下去了。」

匡_{ㄎㄨㄤ}超_{ㄔㄠ}人_{ㄖㄣ}安_ㄢ慰_{ㄨㄟ}他_{ㄊㄚ}們_{ㄇㄣ}說_{ㄕㄨㄛ}：「我_{ㄨㄛ}在_{ㄗㄞ}杭_{ㄏㄤ}州_{ㄓㄡ}遇_ㄩ上_{ㄕㄤ}貴_{ㄍㄨㄟ}人_{ㄖㄣ}，他_{ㄊㄚ}送_{ㄙㄨㄥ}了_{ㄌㄜ}我_{ㄨㄛ}銀_{ㄧㄣ}子_ㄗ，明_{ㄇㄧㄥ}天_{ㄊㄧㄢ}我_{ㄨㄛ}就_{ㄐㄧㄡ}去_{ㄑㄩ}做_{ㄗㄨㄛ}個_{ㄍㄜ}小_{ㄒㄧㄠ}生_{ㄕㄥ}意_ㄧ，叔_{ㄕㄨ}父_{ㄈㄨ}那_{ㄋㄚ}兒_ㄦ也_{ㄧㄝ}由_{ㄧㄡ}我_{ㄨㄛ}應_{ㄧㄥ}付_{ㄈㄨ}。」從_{ㄘㄨㄥ}這_{ㄓㄜ}天_{ㄊㄧㄢ}起_{ㄑㄧ}，匡_{ㄎㄨㄤ}超_{ㄔㄠ}人_{ㄖㄣ}便_{ㄅㄧㄢ}盡_{ㄐㄧㄣ}心_{ㄒㄧㄣ}服_{ㄈㄨ}侍_ㄕ兩_{ㄌㄧㄤ}老_{ㄌㄠ}，夜_{ㄧㄝ}裡_{ㄌㄧ}讀_{ㄉㄨ}書_{ㄕㄨ}，白_{ㄅㄞ}天_{ㄊㄧㄢ}殺_{ㄕㄚ}豬_{ㄓㄨ}、磨_{ㄇㄛ}豆_{ㄉㄡ}腐_{ㄈㄨ}，做_{ㄗㄨㄛ}些_{ㄒㄧㄝ}小_{ㄒㄧㄠ}買_{ㄇㄞ}賣_{ㄇㄞ}度_{ㄉㄨ}日_ㄖ。

　　這天，匡超人和鄰人下棋時，村裡稍懂面相的潘保正斷言他有富貴相。想到自己的窘境，匡超人自然不信。幾天後的夜裡，村子失火殃及匡家，匡超人雖背著父母僥倖逃出，家當卻付之一炬。

親人不肯收留，寺廟也只能暫時借住，走投無路時，幸虧潘保正替他們租了間簡陋的屋子遮風避雨。一天晚上，匡超人正專心讀書，本地知縣從屋外經過，聽到琅琅讀書聲，心中訝異，便傳潘保正來問。

19

潘保正將匡超人的孝行與好學一一
稟告縣老爺。縣老爺說：「幾天後
縣裡招考童生，叫他報名應試。若
他能作文章，我自會提拔。」匡超
人聽了轉告，壯了膽應考，沒想到
居然高中榜首，成了秀才。

捷報貴府相公
匡諱迥蒙提學
御史道大老爺
取中樂清縣第
一名入洋連科
及第本鄉×報

匡超人考取功名，家人都很高興，他哥哥對他比從前親切，連廟裡的和尚都來奉承。匡超人拜了縣老爺當老師，身分大大提高，態度也開始有些驕傲，心裡只放著縣老爺，漸漸就不大理會其他人了。

好日子才要開始，匡老爺的身體卻越來越差。臨終前，他囑咐兩個兒子說：「我沒留財產給你們，只勸你們，功名是身外之物，德行才要緊。不可生活順利了，眼光就勢利了。也要記得兄友弟恭。」

25

匡家兄弟一一答應，匡老爺便闔眼了。
這天他們上了墳，回家路上被
潘保正攔住，說：「縣老爺出
事了，官府正抓人，聽說你與縣
老爺親近，怕連你也躲不過。你
趕緊去杭州我兄弟潘三那裡
避風頭吧！」

匡超人擔心受牽累，即刻啟程投靠潘三。潘三江湖習氣重，偽造文書、誆騙搶奪無所不做。他牽線由匡超人代人考秀才，轉眼工夫便賺進幾百兩銀子。匡超人首次嘗到有錢的滋味，自然與潘三更親近了。

潘三告訴匡超人：「二相公，你得了了
這筆橫財，也該做些正經事了吧。」
所謂正經事，就是親事。潘三作媒，
讓匡超人討了一房老婆，一年後生
了一個女兒。在潘三的幫助下，一
家三口也算過得和樂。

沒多久，縣老爺獲得平反，匡超人受命進京應考，且一試高中。沒想到之後潘三被捕，官府條列了十幾項罪名，也牽連了匡超人。他擔心受累，便以進京當官為由，硬將老婆孩子趕回鄉下與匡老太太同住。

33

縣老爺非常賞識匡超人的學識，問他可曾
娶親。匡超人擔心說實話會被嘲笑，便回
說還沒。縣老爺於是將外甥女許配給他。
匡超人先是惶恐不安，見新娘子生得漂亮，
家中又有錢有勢，最後還是欣然接受。

過了幾個月好日子，按例必須回鄉省親。匡超人百般不願意，卻又不得不回。到了家，才知老婆被鄉下的生活折騰死了。這個消息讓他鬆了一口氣，趕緊假裝深情的囑咐哥哥：「務必把喪事辦得風風光光。」

他交代哥哥：「在墳上多添兩層厚磚，請個會畫畫的替她畫個富貴像，鳳冠霞帔都補上。供在家裡，逢時遇節叫小女兒燒香祭拜。我進城做事，將來有了發展，必定來接母親及兄嫂同享榮華。」

他給了哥哥一些銀子，頭也不回的離開那些他不想再提、也不想再見的親人。上了船，他又換了一副模樣，說話極盡誇大，別人指正也要強辯。當年那個勤儉孝悌的農家子弟，至今已完全墮落了。

儒林外史
官場浮沉的書生

讀本

原典解說◎呂淑敏

吳敬梓少時富貴，晚年潦倒，考場失意的他看盡各類人物，將清朝讀書人求取功名的醜態刻畫得十分傳神。

吳敬梓（1701～1754年），字敏軒，一字文木。出身書香世家，一生不屑功名，晚年窮困潦倒。著有《儒林外史》這部長篇小說，諷刺當時讀書人追求科舉功名的種種樣貌，發人深省。上圖為吳敬梓紀念館中的吳敬梓塑像。

吳敬梓

相關的人物

胡適

胡適，字適之，民初新文化運動的領袖，在文學、哲學、史學、考據學等諸多領域貢獻頗多。他非常推崇吳敬梓，曾四處蒐求他的著作。曾在〈吳敬梓傳〉中指出，安徽第一大文豪就是吳敬梓。

程晉芳，字魚門，是吳敬梓的好朋友。他中過進士，是江南地區著名的藏書家，參加過《四庫全書》的編輯工作。他有一篇文章〈文木先生傳〉，文筆真切動人，是現在了解吳敬梓最好的史料之一。

程晉芳

吳敬梓家學淵源，高祖吳沛是理學大師，曾祖吳國對曾中過探花，伯叔祖吳昺、吳晟，一為榜眼，一為進士，都是當代名人。父親吳霖起人品高尚，做官時曾捐產興學，教育子弟。吳家在家鄉安徽全椒當地聲譽極好。

吳氏家族

吳敬梓有三個兒子，長子名吳烺，字荀叔，號杉亭。他小時候便被稱作才子，後來得賜舉人，在朝當官。跟吳敬梓感情很好，亦師亦友。精天文、算術、音韻之學，是有名的數學家，著有《周髀算經補註》等書。

吳烺

王冕

TOP PHOTO

金兆燕

金兆燕，字鍾越，一字棕亭，跟吳敬梓是同鄉，也是他的好朋友。他非常善於詩詞，駢體文也寫得很好。吳敬梓逝世後，《儒林外史》的第一個刻本據說就是他幫忙印的，他的《棕亭詩鈔》裡面也保存了不少有關吳敬梓的史料。

王冕，字元章，元代著名畫家。他讀古書，打扮成古人，邊騎牛邊讀《漢書》，人們都當他是狂士。吳敬梓認為王冕是個有學問品格的人，把他寫進《儒林外史》中，代表理想的人物。上圖為王冕所繪〈墨梅圖〉，中國北京故宮博物院藏。

吳敬梓一生經歷了大起大落，甚至背負敗家子罵名。然而狂放的行徑掩飾不了寂寞的心情，最終只能靠創作解脫。

約 1641 ～ 1781 年

吳敬梓生活在雍正、乾隆年間，是清朝的盛世，文化經濟發達，當時出書、賣書事先不必得到批准，也沒有專門機構對書籍出版進行檢查。但滿漢衝突不斷，皇帝為了加強對漢族的統治，大興文字獄。這種對比，令外國人相當不解。下圖為清代的書商，早期來華西方人筆下的中國風物畫。

TOP PHOTO

文字獄

相關的時間

童年

展現才情

1701 年

吳敬梓在這一年出生。他從小過著錦衣玉食的生活，受到良好的教育，生性聰敏，讀書過目成誦。童年在家鄉安徽全椒度過，後來由於父親到別處當官，開啟了他跟隨父親在江淮南北一帶宦遊的生活。

1715 年

吳敬梓十四歲時，父親吳霖起到江蘇贛榆當官，他就跟著父親來到這裡住了好幾年。他在這裡讀書、參加名士宴會，表現過人的才情，並在十六歲就早早完成了終身大事。他十八歲時即考中秀才，之後多次於江南貢院考試卻屢試不第。

父親去世

1724 年

吳敬梓二十三歲時，父親過世了。家族的人為了爭財產而發生爭執，甚至衝進他家掠奪財物，讓他心冷。從此吳敬梓開始揮霍遺產，不善理財的他，樂善好施，又喜愛廣邀朋友參加聚會，沒幾年就把家產花光了。

搬到南京

1734 年

吳敬梓三十三歲時，由於喜愛南京山水，便搬來這裡居住，直到終老。他悠遊其中，逍遙自在，被同好推為文壇盟主，在秦淮河上飲酒宴樂，過著狂浪不羈的日子。右圖為清末張志瀛繪〈白門訪豔〉圖，出自王韜《漫遊隨錄圖記》。

TOP PHOTO

完成儒林外史

1746 年

《儒林外史》有一篇序作於乾隆元年，表示書在康熙時就寫得差不多了；但書中某些部分描寫的是吳敬梓四十歲以後的生活，如江南遊歷的感受等。學者因此推斷吳敬梓花了二十年寫作《儒林外史》，約四十五歲之後才完成。

病逝

1754 年

乾隆十九年，吳敬梓在揚州病逝，得年五十四歲。當時他去探訪長子的朋友王又曾，回家喝酒上床就寢，卻因為痰湧猝發，救治不及。最後他的窮朋友們合資出錢，將他歸葬於南京南郊的鳳臺門花田中。

古代讀書人一生榮辱都和科舉考試相關，吳敬梓也不例外。
功名路上屢屢失敗，他看到的往往比別人深一層。

《儒林外史》是吳敬梓用白話文寫作的長篇小說，共五十五回。內容描寫當時讀書人與社會各階層人物百態，用諷刺的筆法寫出科舉制度對讀書人的危害有多深，並且讚揚了不追求名利、隱居不仕者的高貴品格。

儒林外史

八股就是把一篇文章分成破題、承題、起講、題比、中比、後比、束比、大結等八段，是明清科舉應試文章的標準形式。由於八股文必須按照格式寫文章，內容就算寫得再好，形式不對也沒有用，導致思想貧乏的陳腔濫調往往充斥全篇。

八股文

吳敬梓生活困苦，冬天苦寒的時候，家中沒有食物燒酒，就邀好朋友幾個人在月下出城南門，繞城上矮牆散步數十里。他們一路唱歌談天，藉此取暖，直到天亮才各自大笑散去。吳敬梓將這活動取名叫「暖足」。

暖足

相關的事物

TOP PHOTO

旗竿石

博學鴻詞

旗竿石用石頭雕成，通常為一對，古代家族中有人考上科舉時，就會在家門口擺上旗竿石，以表榮耀。吳敬梓紀念館的大門前擺了四座旗竿石，象徵著吳氏門前期的鼎盛。上圖為吳敬梓故居門前的旗竿石。

清朝初年，許多明朝遺民抵制新的滿族政府，隱居不出來參加科舉。康熙皇帝為了吸引讀書人，另外舉辦了博學鴻詞考試，讓地方官推薦著名的文士參與，表達禮遇之意。曾有人推薦吳敬梓參加，但他最後還是沒去。

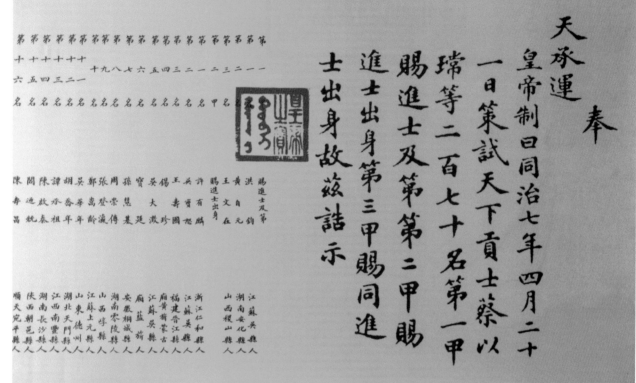

TOP PHOTO

科舉考試

科舉發明於隋朝，是讓讀書人藉由考試得到做官機會的制度。科舉的本意是好的，因為考試比較公平，但卻使許多讀書人從此念書只是為了名利，成了考試機器。吳敬梓痛恨這樣的風氣，便寫了《儒林外史》加以諷刺。上圖為清朝皇榜榜單，北京孔廟和國子監博物館藏。

譴責小說

跟諷刺文學不同，譴責小說不用暗示嘲笑，而是直接開罵。胡適認為晚清有許多揭發社會黑暗的譴責小說，如《二十年目睹之怪現狀》、《官場現形記》、《老殘遊記》、《孽海花》、《海上花列傳》等，都是受到《儒林外史》的影響。

吳敬梓喜歡到處遊歷，拜訪朋友，一生足跡幾乎踏遍了江南各地。

TOP PHOTO

吳敬梓的故鄉在安徽省全椒縣，此地依山傍水，景色宜人，相傳古代高陽氏在這裡建立了古椒國。如今吳敬梓故居（上圖）即坐落在此。

相關的地方

全椒

秦淮河是南京最繁華的大河，沿岸有許多遊樂場所。河上畫舫、燈船來往不息，是全中國著名的宴遊去處，也是古典文學中時常吟詠提及的地方。吳敬梓有一個稱號是「秦淮寓客」，正表現出他對秦淮這個地方的留戀。

秦淮河

揚州

江蘇贛榆

揚州風景秀美，建築多古風，是長江與大運河的交匯點。自古以來交通便利，是著名的文化大城，歷代文人都喜愛來這裡遊歷。揚州與南京相隔不遠，吳敬梓住在南京期間，因為欣賞這裡的風景，常常往來揚州。這裡也是他逝世的地方。

吳敬梓跟隨父親做官時曾遊歷江蘇贛榆。據說孔子在魯國當官時，在這裡會見過齊侯。秦朝方士徐福，也是從這裡搭船前往日本。這是擁有許多歷史故事的一個地方，因為位於中原要道，自古以來也是兵家必爭之地。

真州位在揚州西邊，距離南京較近，是從南京來往揚州的必經之路。所以吳敬梓也常到真州遊覽，並在這裡認識了許多好朋友。

雨花臺是南京著名的景點，是一座小山丘，吳國始祖泰伯曾到此落腳。後來此地也成為佛教勝地，歷代文人墨客與帝王將相曾到此遊歷並留下作品。特產有雨花石，是一種瑪瑙。吳敬梓便是在雨花臺山下與朋友合力建了先賢祠，紀念泰伯等人。

南京

TOP PHOTO

南京是中國古代名城，地勢龍蟠虎踞，曾為六朝的首都，又有「金陵」的別稱。這裡擁有許多著名的歷史文化景點，風光明媚。吳敬梓很喜愛這裡，晚年還寫了二十四首《金陵景物圖詩》歌詠南京。上圖為靈谷寺，為金陵二十四景的其中一景。

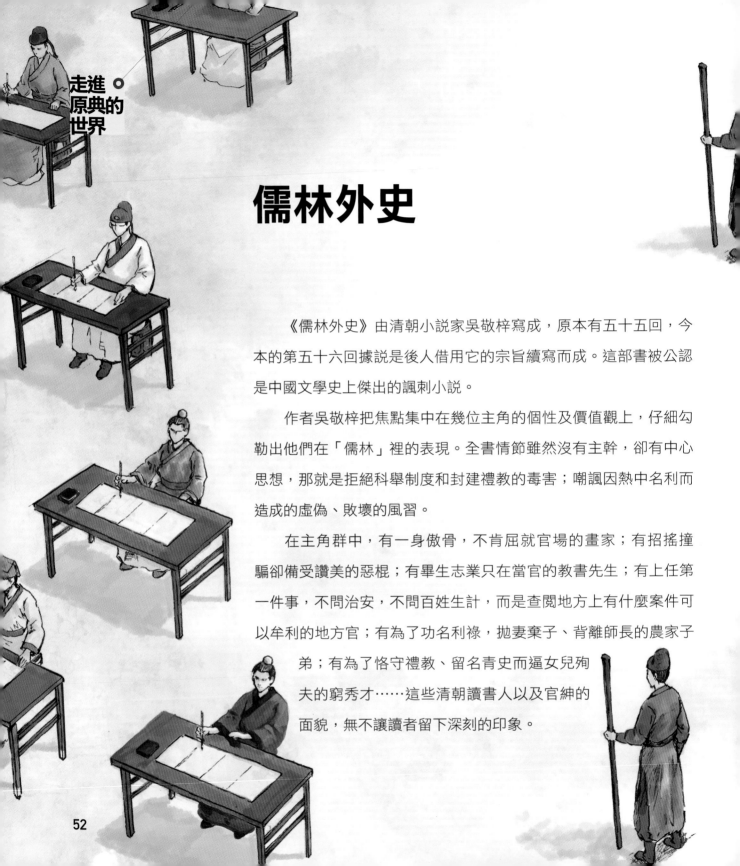

走進
原典的
世界

儒林外史

　　《儒林外史》由清朝小説家吳敬梓寫成，原本有五十五回，今本的第五十六回據説是後人借用它的宗旨續寫而成。這部書被公認是中國文學史上傑出的諷刺小説。

　　作者吳敬梓把焦點集中在幾位主角的個性及價值觀上，仔細勾勒出他們在「儒林」裡的表現。全書情節雖然沒有主幹，卻有中心思想，那就是拒絕科舉制度和封建禮教的毒害；嘲諷因熱中名利而造成的虛偽、敗壞的風習。

　　在主角群中，有一身傲骨，不肯屈就官場的畫家；有招搖撞騙卻備受讚美的惡棍；有畢生志業只在當官的教書先生；有上任第一件事，不問治安，不問百姓生計，而是查閱地方上有什麼案件可以牟利的地方官；有為了功名利祿，拋妻棄子、背離師長的農家子弟；有為了恪守禮教、留名青史而逼女兒殉夫的窮秀才……這些清朝讀書人以及官紳的面貌，無不讓讀者留下深刻的印象。

稗官為史之支流，善讀稗官者可進於史；故其為書亦必善善惡惡，傳讀者有所觀感戒懼，而風俗人心以維持不壞也。——《儒林外史·序》

　　作者顯然看到科舉的負面影響，因此把目光轉向社會的底層，寫出一群遠離科舉、不受功名富貴汙染的市井平民。譬如會寫字卻不肯仿古人的帖，又敢指著大官痛罵：「我不貪你的錢，不慕你的勢，你是誰啊！竟然敢叫我寫字！」的怪人；譬如會彈琴會作詩卻執意不當文人雅士的裁縫師。朋友問他：「你既能詩能琴，為什麼還替人做衣裳？」他自信的說：「作詩彈琴是我的興趣，裁縫是祖上留給我的生活技能，難道當了裁縫就玷汙了讀書寫字不成？」

　　這些思想獨立、心靈自由的小市民，恐怕才是作者審視人的價值標準。因此，這本書的序清楚說明了《儒林外史》的作用。它雖不是正史，卻寫盡了世間真實事，能使讀者深思，是一本可讓人心生警惕的書。

功名富貴無憑據，費盡心情，總把流光誤。濁酒三杯沈醉去，水流花謝知何處。 —《儒林外史·第一回》

吳敬梓創作的《儒林外史》，和他的真實生活有密切的關係。

他出生在清初八股世家，天資穎異、見解過人，又慷慨好施。考秀才時，倉促應試，居然榮登榜首。參加鄉試時，原本信心滿滿，竟然名落孫山，反倒一些他認為不學無術的人都考上了。面對這種不合理的現象，他開始對科舉制度產生懷疑。二十三歲那年，父親去世後，他不改豪爽作風，依然揮霍無度。宗族間為了遺產爭奪不休，他乾脆典賣田宅，寄情風月，遇有窮人便大方施放，不到十年，家產就散盡了。

以他的出身和資質，想要走科舉功名之路，其實不難。但他漸漸了解到，八股文只是皇帝用來箝制人民思想的政策，實際上並不能增加讀書人的學識和涵養，因

此也加強了他不從科舉裡求功名的決心。他不願攀附權貴，寧願結識鄉井小民，導致他生計日益困頓，有時靠親友接濟度日，有時靠典賣家當文章維生。嚴冬無炭取暖，他就邀約五六知己，乘著月色，從秦淮水亭繞城步行數十里，邊走邊吟唱，呼嘯到天亮，再大笑散去，當作「暖足」。

　　越是在困境中，便越能洞察世人的真面目，《儒林外史》便是在這種狀況下，積累十幾年的工夫，終於成書。誠如胡適所說，吳敬梓是想藉著他的小說，讓社會上的人都能認識「人」比「官」可貴，「人格」比「財富」可貴；有了這層認識，當然就不必在意皇帝給不給官當了。

　　乾隆南巡時，眾人都夾道拜迎，只有吳敬梓這個怪人翹著腳躺在床上，他鄙視功名虛位的態度可見一斑。五十四歲那年，吳敬梓因窮迫而逝，生命雖如花謝水流不知所終，卻留下一部供人深思的著作。這不正是他對後世最偉大的貢獻嗎！

匡超人

匡迥，號超人，是《儒林外史》中一個文人士子在科舉制度下，為求名利，泯滅良知的典型角色。當他還只是一個卑微的鄉村青年時，他孝敬雙親、友愛兄弟，是鄰人眼中有見地、善良又上進的好人。父親臥病在床，他耐心的煨豬蹄侍奉；父親不方便下床解便，他不怕髒臭，扛著父親的雙腿，讓他可以不費力的就著便盆解便；夜裡父親時常要喝水、吐痰，他便拿個被單，睡在父親腳跟頭；村裡失火，他不顧自身安危的背著父親、扶著母親，逃出火場。在那時刻，他是多麼純樸可敬！也難怪素昧平生的人願意資助他，縣老爺也願意提拔他。

如果他本本分分的留在家鄉做事，說不定就能維持一輩子清白的聲譽；無奈縣老爺遭人誣告，他擔心受連累，得知消息當下就整理包裹，逃往杭州避風頭。而這趟出走，竟也從此改變他的命運。

他到杭州投奔潘三，又認識了一些假名士。在這些人當中，有的因為科舉失敗，有的因為條件不夠無法取得功名，於是聚集在一起，成立詩社、出詩集，做出騷人墨客的風流瀟灑樣，其實骨子裡渴望的還是爭功名、求富貴。有位景名士就指著趙名士，帶著又酸

「眾位先生所講中進士，是為名？是為利？」眾人道：
「是為名。」——《儒林外史‧第十七回》

又得意的口氣說：「諸位先生辛辛苦苦想中進士，圖的不就出名嗎？
趙先生雖不曾中進士，可是他的詩被收編進許多詩選裡，在各處流
通，有誰不曉得這位趙先生？恐怕他這沒中進士的，要比進士更有
名哩！」

　　聽了這番話，匡超人才知道，原來想出名，不見得非得上科舉，
還可以用自命清高、互相吹捧的方法。年少樸實的思想受了偏差的
影響，選擇投入這批人之間，希望也能從中獲得一些好處。

　　如果說遇到馬二是他人生第一次向上提升的
契機，那這趟杭州行就是他第二次難以
回頭的轉捩點了。

家裏有的是豆腐乾刻的假印，取來用上。又取出硃筆，叫匡超人寫了一個趕回文書的硃籤。

—《儒林外史·第十九回》

　　匡超人聰明絕頂，生意、學問都無師自通。本錢雖少，生意卻做得頭頭是道。學八股文快，不多時便可拿來應考、選書；學詩文也快，一下子就能對答、唱和。聰明才幹能用在平常地方固然好，要是不顧道義情理，只拿它追求私利，那就大大不好了。

　　那日，在衙門裡做事的潘三接到一個案子，說有人賣弟媳，收了銀子，弟媳卻不肯嫁，對方人家只好搶人，沒想竟搶到了賣弟媳那人的老婆。賣弟媳那人心裡不服，一狀告進官府，想要回自己的老婆；買媳婦的人不甘人財兩失，又苦於當初沒立下婚約書，因此託潘三處理。潘三素來就是靠替人疏通關節、擺布事件來營利，家裡各式各樣的假印章都有，他叫匡超人假造了一張婚約書交給來人，來人奉上一大筆銀子，喜孜孜的拿了

假的婚約書回去。匡超人收到銀子，難以置信的想著：只要揮筆兩三下就有銀子可以賺，實在太爽快了。誰賣誰的弟媳，誰買誰的老婆，反正都不干我的事，我只管有錢賺便行。因此當下決定跟了潘三。

如果說，那些假名士提供匡超人求虛名的途徑，那麼潘三就是啟發他發橫財的崩壞源頭。光是求名求利還不算數，潘三出事被官方通緝時，匡超人不但不設法營救，反而拋棄潘三為他討娶的老婆，轉身去依附剛剛獲得平反的縣老爺。後來，匡超人不僅當了官，還娶了縣老爺的外甥女，風風光光的享受起榮華富貴；他的種種行為，真可說把人性的醜惡發揮到淋漓盡致的地步。

當然，匡超人的行徑並不全然受環境影響所至，而是他自己精心算計後的選擇。在作者認識的人當中，這種不曾從經書上學得人情義理，反倒學得投機取巧的讀書人，想必不少。這或許也是他要借匡超人的例子來警惕後人的用心吧！

馬二

　　《儒林外史》中的馬二先生是個讀書人，一心以拜官封侯為志向，偏偏每次進階考試都不被錄取。為了養家活口，就利用他秀才的知識和經驗，編選八股文，給要考功名的莘莘學子當作參考用書。他篤信八股制度，堅持「科舉」是平民百姓光耀門楣的唯一途徑。

　　清官蘧太守的孫子蘧公孫一心想當自由自在的名士，馬二以豐富的知識勸導他說：「參加科舉考試，是從古至今人人必做的，只是每個時代的方式不同。孔子的『言寡尤，行寡悔，祿在其中』，是說春秋時代如果少說錯話、少做錯事，就容易有功名利祿；戰國時代，孟子四處遊說國君，為的也是想當官，一展長才；董仲舒選拔賢能的人，是漢朝官場常有的事；唐朝人作詩賦、宋朝人講理學，為的也都是要當官；到我們這個時代，用文章來取官位，也是非常好的法則。就算孔夫子生在現在，他也得念文章、考功名，要不然，

「舉業」二字，是從古及今人人必要做的。

—《儒林外史·第十三回》

光靠他少說錯話、少做錯事，又哪裡有機會當官呢？」一番道理如同當頭棒喝，說得蘧公孫如夢方醒，從此兩人結為至交。

對匡超人，他自然也是諄諄善誘，不僅為他出試題，還教他文章寫法，為的就是鼓勵他求取功名。匡超人跟他借一兩銀子當盤纏，他一給就是十兩銀，還說：「這樣，你回到家才有本錢奉養父母，才會有時間讀書。」匡超人很受感動，當下拜馬二為兄。馬二能收個聰明的、當官有望的弟弟，心裡自然也歡喜。

正因為馬二先生提攜後進的真心誠意，因此魯迅在《中國小說史略》中說他：「又尚上知春秋漢唐，在『時文士』中猶屬誠篤博通之士。」對他評價也算是很不錯。

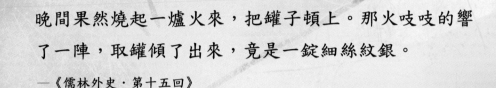

晚間果然燒起一爐火來，把罐子頓上。那火吱吱的響
了一陣，取罐傾了出來，竟是一錠細絲紋銀。

——《儒林外史·第十五回》

　　馬二雖不富有，但卻是個宅心仁厚，十分講求道義的人，他把
儒家思想、待人處世的道理完全融入心裡。正是他這種死心塌地的
純儒思想，給他的生活增加許多迂迴曲折的插曲。

　　有個朝廷逆賊王惠，受通緝，逃往蘧公孫家避難，臨走時擔心
隨身贓物會敗露行跡，便將它留在蘧家。一名與蘧家有嫌隙的丫鬟，
想告發蘧家，又將那箱贓物交給公差。一旦公差報送官府，蘧家少
不得受牽累。馬二獲知這個消息，念在與蘧家的情誼，花了幾十年
掙來的九十二兩銀子，贖回物證，保住蘧家名譽。

　　像他這樣對朋友的鼎力相助，或對素昧平生如匡超人等
的大力協助，都算厚道。但對騙子如果也存有仁慈之心，就
未免太過迂腐了。

西湖有個騙子，名叫洪憨仙，夥同幾個跟班，設計了一套「煉金術」，想用來誆騙有錢又貪財的胡三。不過在此之前，他得先找個有力人士背書才行。不用說，有名氣、善良、腦筋僵化的馬二就是最佳人選。

洪憨仙送了幾塊塗了炭粉的銀子給馬二，並指導馬二用「煤炭煉銀」。馬二照著他說的，夜裡起個火盆，把「假煤炭」放在火盆上烤，果燃燒炙出銀子來，於是深信洪憨仙的「煉金術」不假，也樂意當洪憨仙和胡三公子的中間人，見證他們簽下煉金合同。

眼看騙術就要得逞，洪憨仙正私心竊喜時，卻突然暴斃。死後的洪憨仙身無分文，無法下葬，他的四個跟班也沒辦法回家。雖然真相終於大白，馬二卻只當洪憨仙是因為恭敬他才請他當見證人，便很慈悲的幫忙張羅裝殮，用身上有限的幾個銀子替洪憨仙砌墳、買紙錢，剩餘的還給洪憨仙的跟班當盤纏回家鄉。

馬二的好心腸，在外人眼裡其實有點笨，他滿腦子古聖賢書，卻沒有留一點空隙給自己思考。他喜劇形象的背後，不正揭示著悲劇的社會本質嗎？

潘三

　　潘三在衙門裡當差，最擅長利用官府的資源，替人以不正當的手段擺平紛爭。舉凡寫婚書、偽造文書、擺平案件、放高利貸，沒有一樣難得倒他，儼然是個「黑道大哥」。

　　這天，李四有個朋友一心想讓兒子當秀才，偏偏這兒子又大字不識幾個。李四絞盡腦汁，實在沒法子了，便找上神通廣大的潘三。李四告訴潘三：「有個叫金東崖的人，在衙門裡工作幾年，掙了好些錢，現在只盼望能讓他兒子參加考試。他兒子叫金躍，書讀不多，考期又馬上到了，需要找個替身代考，因此想找三爺商議，怎麼才能讓他順利應試、成功上榜？」

　　潘三不客氣的問：「這人願出多少銀子？」李四說：「紹興的秀才一個值一千兩。他走後門，就算打個對折，也要五百兩。只是眼下最難找的是代考人，就算找到代考人，也還要想怎麼讓他混進考場，調換身分。」潘三爽快的說：「這事包在我身上，代考人我

你總不要管，替考的人也在我，衙門裏打點也在我；你只叫他把五百兩銀子兌出來，封在當舖裏，另外挈三十兩銀子給我做盤費，我總包他一個秀才。

—《儒林外史·第十九回》

來找，考場的事也由我打點。你只叫他把五百兩銀子存放在當舖，我包管給他一個秀才當。如果考不上，五百兩銀子一絲不動請他拿回。這樣妥當嗎？」李四一口答應，興沖沖的跑去回朋友話。

猜，潘三找上誰了？當然是逐步墮落的匡超人。

這事果然讓他們辦成了，也由此可見，當時的科舉黑暗到什麼程度。原來秀才是有價碼的，官位是可以買的。只要有錢，沒有辦不到的事；只要和官府沾個邊，就不愁掙不到錢。

中國古來貪官就多，官衙的事務又繁瑣，官員忙不過來的，就由師爺幫忙。師爺有官員當靠山，使喚起人來格外便利，倘若再存著私心，還有什麼不敢做的？他欺上瞞下、頤指氣使，有時比官員還威風，黑白兩道都不得不怕他三分。《儒林外史》裡的潘三，正好就是披著正義的衣裳，行壞勾當的代表。

如此惡棍，豈可一刻容留於光天化日之下？為此牌仰該縣，即將本犯拿獲，嚴審呈報，以便按律治罪，毋違。—《儒林外史·第十九回》

作者吳敬梓不僅將貪官汙吏寫得傳神，官與民的關係也入木三分。這個潘三藉由在衙門做事的方便，幾乎將官府當作自家事業來把持。不過，夜路走多了難免會遇上鬼，最後仍逃不過恢恢法網，被朝廷緝拿到案，嚴審究報。

被抓進監獄的潘三對匡超人而言，再也無助於功名利祿，反而還成了他升遷的絆腳石。潘三託人傳話，想和匡超人見個面，訴訴苦，匡超人哪裡敢冒這個風險？他很委婉又很絕然的告訴傳話人：「小弟如今不再像以前默默無聞時那樣自由了，我既替朝廷辦事，就要依著朝廷的賞罰。潘三哥做了這些事，我要去看他，不就是存心和朝廷過不去嗎？現在也只能勞你多費心，照料照料潘三哥了。小弟如果僥倖換到一個肥美地方，多掙些銀子，那時再帶幾百兩來幫他，這事兒就好辦多了。」

這番話，聽起來義正詞嚴，只是不但潘三不信，恐怕所有的人也都不會信。

　　潘三仗勢欺人、玲瓏擺布的時候，想必沒料到自己也會有被拒於千里的一天；更何況拒絕他的人還是他曾幫助過的人。不過，換個角度想，潘三與匡超人的關係又是建立在什麼基礎上呢？一個是心狠手辣、用公家資源賺取私人不義之財的惡質官員；一個是見風轉舵、善用花言巧語掩飾自己道德瑕疵的墮落書生；基本上就是互相利用、狼狽為奸。作者冷眼看世間，應是借用這些人物來宣洩他對社會的憤慨吧！

　　魯迅在《中國小說史略》提到：「直到吳敬梓的《儒林外史》才秉持著公允的心態，指出時代的弊端，重要關鍵幾乎都對準讀書人和官場人。它的文字讀起來平實和緩，委婉又具諷刺性。足以開諷刺小說的先例。」這些話對作者和這本書無疑都是具指標性的肯定。讀者在看故事之餘，也別忘了思考作者想要描繪的世間百態。

當儒林外史的朋友

《儒林外史》是一部清朝的章回小説，透過對科舉考試的描述，與眾多讀書人爭相藉由考試獲得功名富貴的行為，展現了當時的社會樣貌。

為什麼讀書考試在那個時代會這麼重要？為什麼即使作弊造假的風險這麼高，都還是有人願意鋌而走險，只為了榜單上出現自己的名字？

所謂科舉，就是透過考試選拔人才，文章寫得好、考試分數高，就能獲得官職，成為富貴的保證。因此，所有讀書人拚命苦讀，即使年紀老大也不肯放棄。

故事就從這裡發生。在這樣的環境下，自然產生了許多怪異的現象。

除了一步一步犯錯的匡超人；還有長期忍受嘲笑、苦熬到五十歲終於中舉的范進，最後卻因此而瘋狂；六十歲還過得窮愁潦倒、走投無路的周進；以及藉著自己在官府當差的機會，進行非法勾當的潘三。

難道這部書都是這些人嗎？當然不是！

作者還想讓你看到聰明內斂的王冕，雖然學問高深淵博，屢屢接到當官的邀請，卻堅持過著悠然自在的生活；還有那雖然出身官宦世家，卻瞧不起科舉，也拒絕為官的杜少卿。這些反對追求功名、個性正直，只想過著恬淡生活的文人，是作者心中的士人典範。當《儒林外史》的朋友，你可以看到當科舉制度與讀書應試成了一種可怕的執著時，會讓所有士人都圍著這個功名的陀螺打轉。你會看到「功名」變成魔咒，念書變成一件不快樂的事。但是，別以為這個儒林世界已經黑暗到失去所有希望。你還會看到另一群人，守著他們熱愛的知識，堅持正直的操守，以自己的生活方式，無懼的在這片淤泥裡，開出清新的花朵。

我是大導演

看完了儒林外史的故事之後，
現在換你當導演。
請利用紅圈裡面的主題（科舉），
參考白圈裡的例子（例如：秀才），
發揮你的聯想力，
在剩下的三個白圈中填入相關的詞語，
並利用這些詞語畫出一幅圖。

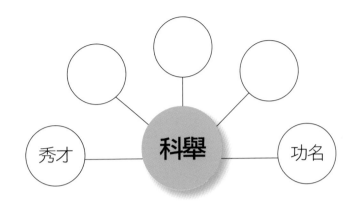

◎ 少年是人生開始的階段。因此，少年也是人生最適合閱讀經典的時候。這個時候讀經典，可為將來的人生旅程準備豐厚的資糧。因為，這個時候讀經典，可以用輕鬆的心情探索其中壯麗的天地。

◎ 【經典少年遊】，每一種書，都包括兩個部分：「繪本」和「讀本」。繪本在前，是感性的、圖像的，透過動人的故事，來描述這本經典最核心的精神。小學低年級的孩子，自己就可以閱讀。讀本在後，是理性的、文字的，透過對原典的分析與說明，讓讀者掌握這本經典最珍貴的知識。小學生可以自己閱讀，或者，也適合由家長陪讀，提供輔助說明。

◎ 【經典少年遊】，我們先出版一百種中國經典，共分八個主題系列：詩詞曲、思想與哲學、小說

001 世說新語　魏晉人物畫廊
A New Account of Tales of the World: Anecdotes in the Southern and Northern Dynasties

故事／林羽豔　原典解說／林羽豔　繪圖／吳亦之

東漢滅亡之後，魏晉南北朝便出現了。雖然局勢紛亂，但是卻形成了自由開放的風氣。《世說新語》記錄了那個時代裡，那些人物怎麼說話、如何行事。讓我們看到他們的氣度、膽識與才學，還有日常生活中的風雅與幽默。

002 搜神記　神怪故事集
In Search of the Supernatural: Records of Gods and Spirits

故事／劉美瑤　原典解說／劉美瑤　繪圖／顏珮仙

晉朝的干寶，搜集了許多有關神仙鬼怪與奇思異想的故事，成為流傳至今的《搜神記》。別小看這些篇幅短小的故事，它們有些是自古流傳的神話，有的是民間傳說，統稱為「志怪小說」，成為六朝文學的燦爛花朵。

003 唐人傳奇　浪漫的傳說故事
Tang Tales: Collections of Tang Stories

故事／康逸藍　原典解說／康逸藍　繪圖／林心雁

正直的書生柳毅相助小龍女，體驗海底龍宮的繁華，最後還一同過著逍遙自在的生活。唐人傳奇是唐朝的文言短篇小說，內容充滿奇幻浪漫與俠義豪邁。在這個世界裡，我們不僅經歷了華麗的冒險，還看到了如夢似幻的生活。

004 竇娥冤　感天動地的竇娥
The Injustice to Dou E: Snow in Midsummer

故事／王蕙瑄　原典解說／王蕙瑄　繪圖／榮馬

善良正直的竇娥，為了保護婆婆，招認自己從未犯過的罪。行刑前，她許下三項誓願：血濺白布、六月飛雪、三年大旱，期待上天還她清白。三年後，竇娥的父親回來判案，他能發現事情的真相嗎？竇娥的心聲，能不能被聽見？

005 水滸傳　梁山好漢
Water Margin: Men of the Marshes

故事／王宇清　故事／王宇清　繪圖／李遠聰

林沖原本是威風的禁軍教頭，他個性正直、武藝絕倫，還有個幸福美滿的家庭，無奈卻遇上了欺壓百姓的太尉高俅，不僅遭到陷害，還被流放到偏遠地區當守軍。林沖最後忍無可忍，上了梁山，成為梁山泊英雄的一員大將。

006 三國演義　風起雲湧的英雄年代
Romance of the Three Kingdoms: The Division and Unity of the World

故事／詹雯婷　原典解說／詹雯婷　繪圖／蔣智鋒

曹操要來攻打南方了！劉備與孫權該如何應戰，周瑜想出什麼妙計？大戰在即，還缺十萬支箭，孔明卻帶著二十艘船出航！羅貫中的《三國演義》，充滿精采的故事與機智妙算，記錄這個風起雲湧的英雄年代。

007 牡丹亭　杜麗娘還魂記
Peony Pavilion: Romance in the Garden

故事／黃秋芳　原典解說／黃秋芳　繪圖／林虹亨

官家大小姐杜麗娘，遊賞美麗的後花園之後，受寒染病，年紀輕輕就離開人世。沒想到，她居然又活過來！這到底是怎麼一回事？明朝劇作家湯顯祖寫《牡丹亭》，透過杜麗娘死而復生的故事，展現人們追求自由的浪漫與勇氣！

008 封神演義　神仙名人榜
Investiture of the Gods: Defeating the Tyrant

故事／王洛夫　原典解說／王洛夫　繪圖／林家棟

哪吒騎著風火輪、拿著混天綾，一不小心就把蝦兵蟹將打得東倒西歪！個性衝動又血氣方剛的哪吒，要如何讓父親李靖了解他本性善良？又如何跟著輔佐周文王的姜子牙，一起經歷驚險的戰鬥，推翻昏庸的紂王，拯救百姓呢？

009 三言　古今通俗小說
Three Words: The Vernacular Short-stories Collections

故事／王蕙瑄　原典解說／王蕙瑄　繪圖／周庭萱

許宣是個老實的年輕人，在下著傾盆大雨的某一日遇見白娘子，好心借傘給她，兩人因此結為夫妻。然而，白娘子卻讓許宣捲入竊案，害得他不明不白的吃上官司。在美麗華貴的外表下，白娘子藏著什麼秘密？她是人還是妖？

010 聊齋誌異　有情的鬼狐世界
Strange Stories from a Chinese Studio: Tales of Foxes and Ghosts

故事／岑澎維　原典解說／岑澎維　繪圖／鐘昭弋

有個水鬼名叫王六郎，總是讓每天來打漁的漁翁滿載而歸。善良的王六郎會不會永遠陪著漁翁捕魚？好心會有好報嗎？蒲松齡的《聊齋誌異》收錄各式各樣的鄉野奇談，讓讀者看見那些鬼狐精怪的喜怒哀樂，原來就像人類一樣。

與故事、人物傳記、歷史、探險與地理、生活與素養、科技。每一個主題系列，都按時間順序來選擇代表性的經典書種。

◎ 每一個主題系列，我們都邀請相關的專家學者擔任編輯顧問，提供從選題到內容的建議與指導。我們希望：孩子讀完一個系列，可以掌握這個主題的完整體系。讀完八個不同主題的系列，可以不但對中國文化有多面向的認識，更可以體會跨界閱讀的樂趣，享受知識跨界激盪的樂趣。

◎ 如果說，歷史累積下來的經典形成了壯麗的山河，【經典少年遊】就是希望我們每個人都趁著年少探索四面八方，拓展眼界，體會山河之美，建構自己的知識體系。少年需要遊經典。經典需要少年遊。

011 說岳全傳　盡忠報國的岳飛
The Complete Story of Yue Fei: The Patriotic General
故事／鄒敦怜　原典解說／鄒敦怜　繪圖／朱麗君

岳飛才出生沒多久，就遇上了大洪水，流落異鄉。他與母親相依為命，又拜周侗為師，學習武藝，成為一個文武雙全的人。岳飛善用兵法，與金兵開戰；他最終的志向是一路北伐，收復中原。這個心願是否能順利達成呢？

012 桃花扇　戰亂與離合
The Peach Blossom Fan: Love Story in Wartime
故事／趙予彤　原典解說／趙予彤　繪圖／吳泳

明朝末年國家紛亂，江南卻是一片歌舞昇平。李香君與侯方域在此相戀，桃花扇是他們的信物。他們憑一己之力關心國家，卻因此遭到報復。清朝劇作家孔尚任，把這段感人的故事寫成《桃花扇》，記載愛情，也記載明朝歷史。

013 儒林外史　官場浮沉的書生
The Unofficial History of the Scholars: Life of the Intellectuals
故事／呂淑敏　原典解說／呂淑敏　繪圖／李遠聰

匡超人原本是個善良孝順的文人，受到老秀才馬二與縣老爺的賞識，成了秀才。只是，他變得愈來愈驕傲，也一步步犯錯。清朝作家吳敬梓的《儒林外史》，把官場上的形形色色全寫進書中，成為一部非常傑出的諷刺小說。

014 紅樓夢　大觀園的青春年華
The Story of the Stone: The Flourish and Decline of the Aristocracy
故事／唐香燕　原典解說／唐香燕　繪圖／麥震東

劉姥姥進了大觀園，看到賈府裡的太太、小姐與公子，瀟湘館、秋爽齋與衡蕪苑的美景，還玩了行酒令、吃了精巧酥脆的點心。跟著劉姥姥進大觀園，體驗園內的新奇有趣，看見燦爛的青春年華，走進《紅樓夢》的文學世界！

015 閱微草堂筆記　大家來說鬼故事
Random Notes at the Cottage of Close Scrutiny: Short Stories About Supernatural Beings
故事／邱慧敏　故事／邱慧敏　繪圖／楊瀚橋

世界上真的有鬼嗎？遇到鬼的時候該怎麼辦？看看紀曉嵐的《閱微草堂筆記》吧！他會告訴你好多跟鬼狐有關的故事。長舌的女鬼、嚇人的笨鬼、扮鬼的壞人、助人的狐鬼。看完這些故事，你或許會覺得，鬼狐比人可愛多了呢！

016 鏡花緣　海外遊歷
Flowers in the Mirror: Overseas Adventures
故事／趙予彤　原典解說／趙予彤　繪圖／林虹亨

失意的文人唐敖，跟著經商的妹夫林之洋和博學的多九公一起出海航行，經過各種奇特的國家。來到女兒國，林之洋竟然被當成王妃給抓走了！翻開李汝珍的《鏡花緣》，看看他們的驚奇歷險，猜一猜，他們最後如何歷劫歸來？

017 七俠五義　包青天為民伸冤
The Seven Heroes and Five Gallants: The Impartial Judge
故事／王洛夫　原典解說／王洛夫　繪圖／王韶薇

包公清廉公正，但宰相龐太師卻把他看作眼中釘，想作法陷害。包公能化險為夷嗎？豪俠展昭是如何發現龐太師的陰謀？說書人石玉崑和學者俞樾，把包公與江湖豪傑的故事寫成《七俠五義》，精彩的俠義故事，讓人佩服！

018 西遊記　西天取經
Journey to the West: The Adventure of Monkey
故事／洪國隆　原典解說／洪國隆　繪圖／BO2

慈悲善良的唐三藏，帶著聰明好動的悟空、好吃懶做的豬八戒、刻苦耐勞的沙悟淨，四人一同到西天取經。在路上，他們會遇到什麼驚險意外？踏上《西遊記》的取經之旅，和他們一起打敗妖怪，潛入芭蕉洞，恣意冒險！

019 老殘遊記　帝國的最後一瞥
The Travels of Lao Can: The Panorama of the Fading Empire
故事／夏婉雲　原典解說／夏婉雲　繪圖／蘇奔

老殘是個江湖醫生，搖著串鈴，在各縣市的大街上走動，幫人治病。他一邊走，一遍欣賞各地風景民情。清朝末年，劉鶚寫《老殘遊記》，透過主角老殘的所見所聞，遊歷這個逐漸破敗的帝國，呈現了一幅抒情的中國山水畫。

020 故事新編　換個方式說故事
Old Stories Retold: Retelling of Myths and Legends
故事／洪國隆　原典解說／洪國隆　繪圖／施怡如

嫦娥與后羿結婚後，有幸福美滿嗎？所有能吃的動物都被后羿獵殺精光，只剩下烏鴉與麻雀可以吃！嫦娥變得愈來愈瘦，勇猛的后羿能解決困境嗎？魯迅重新編寫中國的古代神話，翻新古老傳說的面貌，成為《故事新編》。

經典 ○
少年遊

youth.classicsnow.net

013
儒林外史 官場浮沉的書生
The Unofficial History of the Scholars
Life of the Intellectuals

編輯顧問（姓名筆劃序）
王安憶　王汎森　江曉原　李歐梵　郝譽翔　陳平原
張隆溪　張臨生　葉嘉瑩　葛兆光　葛劍雄　鄭培凱

故事：呂淑敏
原典解說：呂淑敏
繪圖：李遠聰
人時事地：謝琬婷

編輯：鄧芳喬　張瑜珊　張瓊文
美術設計：張士勇
美術編輯：顏一立
校對：陳佩伶

企畫：網路與書股份有限公司
出版者：大塊文化出版股份有限公司
台北市10550南京東路四段25號11樓
www.locuspublishing.com
讀者服務專線：0800-006689
TEL：＋886-2-87123898
FAX：＋886-2-87123897
郵撥帳號：18955675
戶名：大塊文化出版股份有限公司
法律顧問：全理法律事務所董安丹律師

總經銷：大和書報圖書股份有限公司
地址：新北市新莊區五工五路2號
TEL：＋886-2-8990-2588
FAX：＋886-2-2290-1658
製版：沈氏藝術印刷股份有限公司

初版一刷：2014年5月
定價：新台幣299元